VICTOR

Le Père Noël a besoin d'aide

L'hiver s'est installé. Il a neigé toute la nuit et Victor et Tim ont décidé d'aller jouer dans la neige.

« N'oublie pas de mettre ton écharpe et ton bonnet, Tim, conseille Victor, car il fait très froid dehors. »

Tim est déjà prêt et trépigne d'impatience. Il ouvre la porte et les flocons de neige rentrent dans la maison.

« Je veux faire un bonhomme de neige », déclare-t-il joyeusement.

Fou de joie, Tim se précipite à l'extérieur.
Sans tarder, les deux amis commencent
à faire leur bonhomme de neige.
Tandis que Victor confectionne une grosse
boule, Tim en fait une plus petite.
« Ma boule servira de tête au bonhomme
de neige, n'est-ce pas Victor ? » demande
Tim en roulant sa boule.

Un peu plus tard, le bonhomme de neige
est prêt. Il n'y a plus qu'à lui mettre une
carotte en guise de nez.
Mais, comme d'habitude, Tim passe déjà
à autre chose. Il prend sa luge pour glisser
sur la petite colline.
« Regarde comme je vais vite, Victor !
Viens avec moi, c'est trop chouette. »
Mais Tim ne remarque pas qu'au même
moment un autre traîneau tiré par un
renne arrive à vive allure.

Trop tard !

Le pauvre renne sursaute et essaie d'éviter Tim, mais il emboutit le bonhomme de neige de Victor et Tim.

Inquiet, Victor accourt car le traîneau s'est renversé et il veut aller porter secours. Mais quelle n'est pas sa surprise lorsque, arrivé près du traîneau, il se rend compte qu'il s'agit du traîneau du Père Noël ! Ce dernier est étendu à plat ventre dans la neige, au beau milieu des cadeaux qui se sont répandus partout...

Le Père Noël a l'air abasourdi et Victor
l'aide à se mettre debout. Tim s'approche
également pour redresser le traîneau.
« Ouf ! soupire le Père Noël, on a eu
peur ! Je suis désolé d'avoir renversé votre
bonhomme de neige, j'étais très pressé
car j'ai encore beaucoup de cadeaux
à distribuer. »

Victor et Tim s'appliquent à remettre
tous les cadeaux en place.
Lorsque son sac est à nouveau bien
rempli, le Père Noël s'exclame :
« Mais où est passé Rudolf à présent ?
Après ce choc, j'ai complètement oublié
de faire attention à lui. »

Et en effet, Rudolf a disparu.

« Il a eu tellement peur qu'il est peut-être parti se cacher », pense le Père Noël.

« Regardez, s'écrie Victor, il a laissé des traces dans la neige ; il suffit de suivre ses empreintes. »

Tim trouve que Victor est vraiment très malin. Nos deux amis se mettent immédiatement en route en suivant les empreintes de Rudolf dans la neige.

Un peu plus tard, Victor retrouve Rudolf
caché derrière des sapins. Il a l'air tout
effrayé.
« Viens Rudolf, n'aie pas peur, le rassure
Victor, nous ne sommes pas du tout
fâchés contre toi à cause du bonhomme
de neige. Viens avec nous, comme ça
tu pourras à nouveau tirer le traîneau
du Père Noël. »
Heureux que personne ne soit fâché
contre lui, Rudolf accompagne volontiers
Victor et Tim.

Le Père Noël est quant à lui très content de récupérer Rudolf et de pouvoir continuer sa tournée de distribution des cadeaux.

Mais alors que le Père Noël remonte sur son traîneau, Victor remarque qu'il s'est fait mal au bras en tombant.

« Vous vous êtes blessé, Père Noël, il faut absolument vous faire soigner ! »

« Oh, ça ira comme ça, dit le Père Noël,
j'ai encore tellement de travail ! »
« Ah non, pas question, rétorque Victor.
Vous venez avec moi chez Victoria et elle
va soigner votre bras. »
Sitôt dit, sitôt fait !
Victoria prend bien soin du bras du
Père Noël.
« Et voilà ! Avec ce bandage et un
peu de pommade, ce sera déjà moins
douloureux », dit-elle.

« Merci Victoria, répond le Père Noël,
j'ai déjà moins mal et maintenant je vais
vite me remettre au travail. »
Mais Victoria ne l'entend pas de cette
oreille. « Votre bras doit rester au repos,
Père Noël, sinon vous devrez arrêter
très vite votre tournée.
Pourquoi Tim et Victor ne vous
aideraient-ils pas ? » propose-t-elle.
Nos amis n'hésitent pas une seconde.
C'est tellement chouette de monter sur
le traîneau avec le Père Noël.

« Wow, wow ! » crie le Père Noël.

Et Rudolf démarre à vive allure.

Victor et Tim s'amusent comme des fous.

Rudolf va tellement vite !

« Ho, ho, ho ! » crie le Père Noël.

Et le traîneau s'arrête.

« Nous devons déposer nos premiers cadeaux ici, dit le Père Noël en consultant son carnet. De gentils enfants habitent dans cette maison, il ne faut surtout pas les oublier. »

« Regarde, voici le premier cadeau,
peux-tu aller le mettre dans la cheminée,
Tim ? » demande le Père Noël.
Nos amis se mettent directement à
l'œuvre. Victor donne un petit coup
de pouce à Tim, qui grimpe sur le toit.
« Fais attention, Tim, car le toit est très
glissant », le prévient Victor.
« Je suis content que vous m'aidiez si
bien, soupire le Père Noël, car avec mon
bras en écharpe, je ne pourrais vraiment
pas monter sur les toits. »

Une fois que Tim est sur le toit, Victor
lui passe les paquets.
Tim les glisse gentiment dans la cheminée.
Il est très fier d'aider le Père Noël.
Et il sourit en imaginant le bonheur
des enfants quand ils découvriront
leurs cadeaux...

Il commence à se faire tard, mais Tim et Victor continuent de travailler avec zèle. Tous les cadeaux sont distribués, cheminée après cheminée.

Jusqu'à ce que Victor se rende compte que le sac est tout à fait vide.

« Mais il n'y a plus de cadeaux ! » s'écrie-t-il tout surpris.

« En effet ! répond le Père Noël en consultant sa liste, c'était la dernière maison et vous avez bien travaillé. »

Rudolf et le Père Noël ramènent Tim et
Victor chez eux. Entre-temps, la nuit est
déjà tombée.

« Merci beaucoup, les amis, vous m'avez
vraiment bien aidé. Grâce à vous, tous les
cadeaux ont pu être distribués à temps. »
Mais le Père Noël doit poursuivre
sa route.

Tim et Victor lui font signe de la main
sur le pas de la porte.

« Allez viens, Tim, dit Victor.
C'est l'heure d'aller au lit. Nous allons
bien dormir après une telle journée
de travail ! »